**전재현의 사람 時**

그래도 그리운 시절

# 민들레를
# 밟지
# 않는
# 걸음으로

초판 1쇄 인쇄일 2016년 11월 10일
초판 1쇄 발행일 2016년 11월 15일

지은이 • 전재현
펴낸이 • 신영임
펴낸곳 • 도서출판 자작나무
주 소 • 경기도 파주시 가온로 205, 706-703
전 화 • 031-947-5160
팩 스 • 031-947-5198
이메일 • chajaknamu@hanmail.net

등록번호 • 제 406-2007-000050호
등록일자 • 2004년 5월 7일


ISBN 978-89-7676-915-2

전재현의 사람 時

그래도 그리운 시절

# 민들레를 밟지 않는 걸음으로

전재현

자작나무

아마도 좋히 쓸쓸한 날엔

서로 몸을 부비며 세월의 노래를 부르리라

서
문

# 사람의 몸시

전재현 이분의 시를 읽으면 사람이 느껴진다.

사람 아닌 사람이 어디 있겠는가. 하지만 이분의 성품과 글과 마음과 행동이 딱 사람인 것이다. 글엔 사람 그대로의 냄새가 풍겨야 하는 법임에도 도통 지은이의 글맛이 느껴지지 않는 글을 읽기란 여간 고역이 아니다.

하지만 전재현의 시와 글은 그 말하는 숨결이 딱 우리 숨결에 맞아 떨어져 그것에 저절로 이끌려가고 몰입하게 되는 매력이 있다.

그러니까 이분은 시를 쓰거나 하지 않고 시를 음유하듯이 말하는 것이고 우리는 그런 시를 보고 읽는 것이 아니라 겪어낸 생의 숨결을 신명나게 듣는 것이라고 해야 옳다.

전재현의 시엔 사람이 있다. 사람이 있으므로 사람에 대한 이야기가 있게 마련이다. 단순한 풍경을 하나 놓아도 거기엔 전재현만의 숨이 있고 생의 결이 느껴진다.

그러므로 나는 이 나라 참소리꾼 시인 한 분을 발견한 재미로 절로 흥에 겨워하는 것이다.

시를 쓰되 듣는 소리를 언뜻언뜻 잡아 안으로 고이 모셔 두었다가 그 소리들이 손짓발짓 동무하여 서로 간 어울리고 서로 간 이야기가 터져나와 내놓는 소리, 그것이 전재현의 시라면 시라고 말할 수가 있을 것이다.

사람은 그냥 존재하는 게 아니라 항상 변화하고 소멸하는 존재여서 그 생명과 죽음을 함께 떠안게 되는데 그 생은 개인사의 맥락으로 볼 때 생의 전체를 의미한다 할 수 있다.

시는 생의 일부를 보여주지만 그걸 통해 전체를 상상할 수 있다는 것이다. 그것으로 하여 우리의 생애엔 소중한 기억의 층층을 은근히 드러내게 되는데 전재현은 이미 켜켜한 생의 단면을 터득함으로써 어느 날엔가 불현듯 종교조차 초월한 돌부처가 될지도 모른다는 느낌을 받게 된다.

대체로 꾸밈이 없으니 있는 그대로를 응시하는 눈과 귀를 가졌음에 더욱 그러하다. 비유하자면 지층의 단면만을 보고도 몇 십 억 지구의 생을 유추하여 상상해내는 지질학자나 다름이 없다 하겠다.

전재현의 이 담시엔 세상을 돌아보며 깨우치고 느끼고 어울린 인문학적 소양이 그대로 담겨 있고 외면할 수 없는 인정이 있고 소슬한 종교적 경건이 함께 하여서 진한 뭉클함이 소리 없이 밀려오게 된다.

그 구수하고 웅숭깊고 능청맞음이 전재현의 서정에 묻어나 한결 그 깊이가 더한 서사를 이루게 되는 것인데 이것을 한낱 시정의 소소한 이야기라 해도 좋고 그냥 톡톡 튀어나오는 말시라 해도 좋고 또 개인사의 보편적 서사시라 해도 좋다. 그 이유는 그가 쓰는 말이 우리의 은근한 입맛에 딱 들어맞고 하늘 노을처럼 색감이 풀어져 마음에 저절로 스며들기 때문이다.

전재현 이분이 쓴 시 〈묘비명〉을 보면 알 수 있는 게 하나 있다.

… 정말 시를 쓰고 싶다. 비비 꼬아 귀신 잿밥 먹는 소리가
아닌 그냥 쉬운 말로 쓰고 싶다.

무슨 다른 말이 더 필요하랴. 이는 전재현 시인이 늘 몸소 행하고자 하는, 아니 몸소 행하고 있는, 이분만의 독특한 걸음이요 깊은 생각이요 온전한 드러냄인 것이다. 나는 그와 같이 걷고 싶다. 그리하여 나도 그와 같이 실천적 몸시를 행하여 조용히 생의 지층으로 스며들고 싶다.

_최돈선(시인)

작가의 말

# 부끄러운 날의 그리운 노래

무릇 책을 지을 생각이 제 마음에 자리하자 스님네들의 안거가 생각났습니다. 하안거든 동안거든 쓸데없이 나다니다 미물의 생명을 죽게 하지 말고 진득하니 머무르며 용맹정진하라는 안거 말입니다.

과연, 나는 이 부족한 글로 얼마나 많은 사람의 가슴을 아프게 할 것이며 삿된 감상이 또 얼마나 세상의 조롱거리가 될 것인가를 염려하지 않을 수가 없습니다.

그러함에도 책을 내고자 결심한 것은 부끄럽게도 끊임없이 마음속에서 이는 염치없음으로 인해서 인가합니다. 책을 짓는 일은 내 오장을 꺼내어 장대에 내걸어 저잣거리에 나아가는 것. 아, 이 끝없는 악취를 어찌한단 말입니까.

나를 이 지경으로 만드신 사랑하고 사랑하옵는 최돈선 이외수 선생님을 탓하는 미욱함으로 책 지음의 변을 대신합니다. 부끄럽습니다.

-2016년 가을
전재현

contents

## Part 2. 그래도 그리운 시절

Part 1.

# 그리운 건
# 다 지나가
# 버 렸 다

## 쯧쯧

배추 한 이백 포기
동치미 큰 걸루 두 단지
잘 뽀개진 장작 처마 밑 가득
아끼바리 쌀 뒤 가마
고구마 옥수수 콩팥
눈이 오든 강이 얼든
내가 알게 뭐야

삼십만 원이면
한 달을 사는 명세서엔
돼지고기 한 근을
네 개로 나누니 150그램
일주일에 한 번 고깃국을 먹네

하긴 장롱 속 옷만 입고 살아도
평생을 입을 수 있지
유행이 지나 싫증이 나서 내다 버리면
누구 말대로 사는 게 아니라
지랄을 하는 게지
연봉 일억만 부러워하다 굶어 죽지

내년 계획을 미리 세워
작작 처먹고
작작 마시고
조금 덜 벌어
조금 덜 쓰고

모양내다 얼어 죽는다고
뱁새가 황새 노릇하지 말고
내가 나를 살아야 할 것이 아니냐
이 말이지
이 철없는 것들아

## 들불 맛

꼬막도 사고 닭똥집도 사고
닭 한 마리 과서 토요일에
논바닥에서 나무 주워다
불 피우고 옛날 쥐불놀이 하듯
놀기로 했어
술 처먹고 고래고래 소리 지르고
담배 뻑뻑 뿜어대는 잡놈들
고놈들 잠시 피해
논 한가운데서
술 마시기로 했어

살 오른 꼬막 들통에 삶아
과자 까먹듯 까먹으며
잘 모르는 와인 맛
순전히 뽀다구로 마시고
닭똥집 석쇠에 구워
탄 부분은 가위로 잘라내고

양은냄비에 참기름 둘러
다글다글 볶아 마지막으로
석쇠에 불 쏘여 익힌 후
조선마늘과 함께 먹는
위대한 똥집 맛이라니
쏘주 맛의 절정이라니
거지도 아니고 논바닥에서
불 피우고 놀자는데
선뜻 나서는 동무들이
참 예쁘다

느히들이 들불 맛을 알어?

## 못난이의 아름다움

산딸기 곰보나리 애두릅 매미소리 배 곰취
고추 접시꽃 산초나무 비름나물 패랭이꽃 깨금
산꿩 엄나무 호박 물조리개
오이밭 머위 인삼밭 느티나무 원두막
들쑥 장독대 초가지붕 감자전 싸리꽃
참나무 뱀딸기 하늘타리 뚱딴지 묵정밭
강아지 둥굴레 여뀌 그리고 청개구리

이 모두 못난이, 그래서 아름답지요

## 안 되겠냐, 이 말이지

상트페테르부르크를 내가 알게 뭐람
도시 이름만으로도 발모가지가 시려 오는데
심포니 오케스트라는 또 얼마나
얼어 죽을 맛이냔 말이지
일 악장 끝나고 수고했으니
박수 한 번 쳐줄 수도 있지
싸늘하게 공모하듯 쳐다볼 건 뭔가 말이지
내가 왜 사 악장까지 기다리라는
얼음장보다 더 찬 훈령을
계시록처럼 섬기냐 이 말이지
빠리에 가선 빠리법을 따르라지만 여보게
이름만으로도 으스스한 상트페테르부르크여
내 생각은
그대가 내 법을 따르면 안 되겠느냐 이 말이지

## 씨앗조차 없는 것이

참외를 먹고 똥을 누면 싹이 자랐지
그걸 개똥참외라 하는지는 잘 몰라도
그놈을 키워 따먹으려고 갖은 정성 다하지만
끝내 노랑 참외까진 못 가지
그래서 가을이 싫었단 말이야
요샌 똥 눌 아이도 없지만
종묘회사들 유전자 조작하여
아예 결실을 맺을 수가 없다는구먼
씨를 팔아먹을라구 말이지
그거야 다국적기업이란 게 원래
싸가지없는 자본가들이라 그렇다 하더라도
뭔 지랄로 배추 꼬리 하나
맛볼 수 없게 만들었나 말이지

그거야 쓸데없이 뿌리에 힘을 앗기면
배추가 부실하니 그렇게 되었다 하겠지만
그 또한 가당찮은 소리지
그래도 입맛은 살아서 아예
뿌리를 키울 목적의 배추가 나와
배추꼬리 야구공만한 게
이 맛도 저 맛도 아니더라 이 말이지
김장은 해 뭐해 매콤한 배추꼬리 하나
맛도 못 보는 빌어먹을 세상

# 삼만 원만 주시게

삼만 원만 주시게
매일 술 먹자 하지 말고
소주 한 병 안주 하나 아껴
삼만 원만 주시게
폐일언하고 침낭 하나 사주게
어떤 가수는 출연료 받아 로프 사고
적금 타서 낙타를 산다드만
아니네 추운 날
안나푸르나 갈 생각은 없네
그대도 알다시피 내가 얼마나
개새끼던가
죄 적은 개를 빗대 미안하지만
나는 나를 잘 알지 않는가 말이지
개새끼!

아무튼 침낭 하나 사주시게
서울역 노숙자 장갑 주네 빵 주네
주접을 떨다가
아 글쎄
서부역 넘어가는 구름다리에
아 씨발
노숙자라고 레테르 붙여져 쫓겨난
구겨진 인생들이 휴지처럼
처박혀 있더란 말이지
여러 말 말자
침낭 하나 사주시게
이런 삶 저런 삶 있는 거라고
귀신 잿밥 먹는 소리 마시게
그냥 삼만 원만 주시게
고맙네 술 잘 마셨네

## 참새

단백질이라는 말이 없을 때
제삿날 아니고는 고기 보기가 어려울 때
겨울 참새는 어른 아이 할 것 없이
군침 도는 괴기였지 괴기
해 잘 드는 날 암탉이 병아리 데불고
모이를 찾는 채전 모서리
등겨로 덮어 놓은 씨마늘 밭에
겉보리 좁쌀을 눈에 잘 띄게 뿌려놓고
바지게나 삼태기를 작대기로 받쳐놓고
긴 끈 작대기 끝에 묶어 늘어뜨린 뒤
참새가 눈치 못 채게 숨어 있노라면
하 요놈들이 하나둘 모여드는데
줄을 채는 순간 벌써 몇 마리가 들었는지
맞춰 보는 것도 재미지고
손을 쓱 넣어 참새를 만지는 감촉이라니
허허 앙탈 부리며 날개 파닥이는 바람결이
어찌 그리 시원한지
그렇게 겨우내 잡아댔지만
아직도 참새는 안녕하시니
참으로 '참'자를 붙일만한 새였다

## 도시의 겨울

함석 쓰레받기에 노랑 두부콩을
올려놓고 화로를 뒤적여 불을 세우면
콩은 앗 뜨거라 하며 엉뎅이를 흔들듯이 흔들거리다가
그만 배를 가르며
고소한 향기를 품고 익어가지
삭풍이 울고 있는 창밖에는 흰 눈이
소복소복 쌓이여 갔지

아무리 가난해도 겨울나기엔
고구마 두세 가마니쯤은 있었지
먹어도 먹어도 배고프던 시절
이 시간쯤 누날 졸라 깡 언 동치미를 퍼와
찐고구마와 젓가락을 깊게 질러 통째로 먹던 그 맛이라니
그 시절엔 예닐곱 살이면 도리짓고땡 섯다 민화투 다 섭렵을 했지

초저녁, 연기만 나는 청솔가지를
아궁이에 밀어 넣고 아궁이 문을 닫으면
새벽녘까지 윗목이 뜨듯한 법이란다
한참 동안 이해를 못 했던 삶의 지혜
그래서 난 자꾸 시골로 가려고 하는가 부다
도시의 겨울이 선부르다

## 다산마을 여름 부들밭

부들이 깊게 핀 곳엔
여름날 하얀 모시 적삼 정갈히 입고
더위를 건너는 선비의 합죽선에 이는
바람결 같은 꼿꼿함이 있어 좋다
모두 아름다운 칠월의 연화에 마음 줄 때도
부들은 마치 하늘을 가를 화살촉처럼
올곧게 하늘만 향한다
아마도 종히 쓸쓸한 날엔 이들도
서로 몸을 부비어 세월의 노래를 부르리라
황소개구리 한 마리 북소리를 내며 우는
마현리 다산마을 여름 부들밭 강가 한낮
알맞게 쓸쓸하다

## 민들레 생각

하얀 민들레는 대부분 토종이고
노란 민들레가 외래종이란 걸
늦게사 알았는데
고향 윗뜸 통점절 가는 길
팔 할이 하얀 민들렙디다
나는 대처로 나가 잘 살아 보겠다고
고향을 등졌는데
민들레 하얀 민들레가 고향을
지키고 있습디다
이젠 키 낮은 풀들에게 조차
면목없는 삶이지 뭐예요
제 주머니에
네시 반 고향 가는 기차표가 있다우
오늘 돈들 많이 버슈

# 맥주 한 병 이천 원, 어여 오시게

따지고 보면
세상을 속여 먹으며
세 잇속만 챙기며 살아왔으니
남달리 아는 게 많아
누굴 갤칠 형편도 아니고
한두 해 있다가
자그마한 주막 하나 차려
맥주 한 병 이천 원만 받아
퇴근길 쓸쓸한 놈
죙일토록 쓸쓸한 놈
또한 평생토록 쓸쓸한 놈
단골로 맹글어야지

망하긴 누가 망해
돈 벌 생각 없어
평생 벌어봐도 이짝인데
나이 들어 뭔 돈 욕심이여
잔소리 말고 문 열면 오시기나 허시게

## 천상시인 막걸리

봄날 늦은 오후
진달래 핀 수락을 오르다
천상시인 천상병을 만났어

선생이여
시란 무엇이며
시인은 또 무엇이나이까
산벚꽃 그늘 아래
선생은 거침이 없어
"순결이야!"
하시었다

이로써 나는
시인되기는 영 글렀다
천상 막걸리나 마셔야겠다

## 너에게로 간다

자운영 꽃 흐드러진 봄 논
마음에 두었던 꼬마 시절 그 기집애와
꽃잎에 뒹굴며 그때처럼
그때처럼 꽃처럼 웃고 싶다

한여름 섬진강
압록에서 하동까지
모래톱 물속으로
트래킹 하는 게 소원이다
같이 좀 가자
그게 뭐 대단한 꿈이라고
아직도 못이루는고

산비탈 허름한 땅에
산초나무 몇 그루 심어
가을이 오기 전 조심스레 수확하여
향 깊은 기름 얻어
이래저래 부실한 동무들께
박카스병에 하나씩이라도
보내 주고 싶다
이놈들아 그보다 좋은 게 없다

양지 녘 병아리들 해찰을 부려
고개 삐죽 내민 마늘싹 위에 앵겨
한 삽 덮어주고
사람이고 풀이고
때가 있음을 알며
겨울을 나고 싶다
먼데 뜸부기 운다

# 였다! 봄 받아라

봄이 오면
노오란 셔츠를 하나 살 기야
마치 민들레꽃처럼 순박한
노오란 그런 셔츠를 하나를 말야

기대하지 않은 사람에게
거친 사월의 봄처럼 불쑥 내밀거야
였다! 봄 받아라 하고
살면서 그런 기쁨도 주는 사람이고 싶어 그래

이 봄날에 나도
그런 셔츠를 받고 싶어
벽돌색 붉은 반팔 티셔츠
마음 진득이 담은 그런 셔츠를 말이야

여름을 지나면서 내내
당신을 생각게 하는
그런 셔츠를 받고 싶어
내가 누군가에게 잊히진 않았음을
구체적으로 확인하고 싶어 그래
불에 구워진 그 색 벽돌색 말이야

난 아무래도 좋아
당신이 날 기억만 해주신다면

## 돈, 돈, 돈나물

물 없는 바위로 줄기를 내려
붉고 야무진 게 채송화 보다
더 채송화 같은 돈나물을 뜯어
양푼에 들기름 두르고
모처럼 계란 한 알 깨트려
장꽝에 고추장 한술 푹 떠서
둘둘 비비여 한 숫가락 꽉 저미면
아, 들봄 향기가 입안 천지였다

찹쌀가루 풀어 소금간하고
홍당무로 모양내고 쪽파를 짧게 썰어
납작한 보랏빛 돌미나리와 동무 삼고
돈나물을 넉넉히 넣어 물김치를 담가
사나흘 뜨순 부뚜막 위에 두어 시큰둥해지면
굵은 국수를 푹신 삶아
찬 우물로 쌀쌀 헹구어
하얀 사기그릇에 넘치게 담아
햇볕 바스러지는 봄마루에서
배를 불리어 가던 그 시절
나는 지금도 그때가 그립네

지네처럼 길쭉하고
흐트러지기가 미친년 속 것 같은
요즘 장바닥 돈나물은 돈나물이 아냐
돈나물은 모름지기 한 떨기 꽃처럼
봉긋하게 하늘을 품은듯한 모습이어야
돈나물인 게지
그래야 이즈막에 비비고 담가
입안 가득 한입 물면 봄보로 봄봄 하며
노랫가락이 입안 가득한 고것이
돈, 돈, 돈나물인 게지

## 춤추는 세계

러시아가 우크라이나 어느 동네를
구운 꽁치 발라 먹듯 해치웠다
또 다른 동네도 소금을 바르고 있다
고르비와 푸틴이 지금
순열과 조합이라는 크렘린 수학문제를
번갈아 제시한다

.

.

.

도미노 피자는 배달만 한다

메이저 리그가 호주에서 시작이다
까닭은 야구의 저변 확대라 하나
내 눈은 곱지 못하다
훔치고 견제하고  병살하는 수법이
왠지 드넓은 땅 호주에게
꽁치에 소금을 바르는 순서인가 해서

.

.

.

피자에는 콜라를 마셔야 맛이 나지

## 보고 싶다, 밤 목련

밤 목련이
우체국장 집 딸 향순이가
도갓집 아들 도빈에게 버림받고
한철 무너진 어깨로 지나듯
어둑한 밤을 타고
혼줄을 내려놓는다

## 사랑이 별건가

오뉴월 붉은 복숭앗빛 벚꽃이
앞 유리창에 조각으로 피었네
꺼져가는 등불을 끄지 않으시고
상한 갈대를 꺽지 말라던…
사랑이 별건가
저걸 차마 떨구어 낼 수야
봄날엔 가끔 오버를 하며 사는 게지

속도를 높이니 파르르 나비처럼
날아가는데 이젠 그들과 난
다시 만날 수 없는 엄한 이별을 하고야 마는구나!
이 얼마나 가슴 미어진 일인가
속도를 늦춰 납작 엎드린 꽃잎 데불고
도심을 지난다
봐라, 요놈들아!
늙은 나에게도 예쁜 애인이 생겼다
봄날엔 가끔 오버를 하는 게지

어허라 옆 차를 보게
저 친구도 애인을 델꼬 가네
전생에 우린 형제였나부다
돈 벌러 가지?
마이 버시게 하하
이렇게 봄날엔
가끔 오버를 하는 게지

## 세상살이

내가 누구에게 본의 아니게
실수를 하여 상대가 그런 나를
나의 전체로 보는 것은 참으로 억울하다
하여
상대가 나에게 경우 없이 대해도
한참 동안 기다려 보기로 했다
대부분 오해인 경우거나
사과를 해 올 수도 있기 때문에

## 노란 씀바귀

석관동
아직도 붉은 양철지붕 순대국집 앞
보도블록 틈새 가녀린 노란 씀바귀
아무도 밟지 않았다

끝내 꽃을 피웠다

어린애고 할머니고 강아지마저도
오오 피해서 돌아갔으리

## 이팝나무

이팝나무가 한창입니다
흰 꽃이 흰 쌀밥을 닮아, 주린 시절
이밥을 닮아 붙여졌을 이름
깊은 놋그릇에 가득 담아
배불리 먹던 제삿날의 이밥
그러나 지금은 그 시절보다
더 목이 메는 시절입니다

효도의 근간이
기와집에 비단 금침에
이밥에 소고기 국이라 한다지요
초가집 기와집이 사라지는 세월
내 배만 부른 시절
그리하여 효가 드문일인가
효도를 기대하기도 부끄러운 시절입니다
돈 봉투 하나로 건널 것이 아니고
쌀밥에 고깃국을 한상 차려드리는
마음의 어버이날이 되었음 합니다
밥 한상도 부끄러운 시절입니다

## 겨울 그리움

그리운 건 다 지나가 버렸다

팥 몇 알과 새알이 들어간 호박죽에
젓가락으로 동치미를 통째
푹 찔러 먹던 그 겨울밤

그리운 건 다 지나가 버렸다

# 아카시아 꽃이 피면

아카시아 꽃이 피면
여보게 길 나서세
세상에 변고 있으려
봄마저 때를 잊고
건듯바람에 다 가버렸으나
어찌 가는 세월을 마중치 않을손가
그러나 우리 나들이는
지금 우리의 상처 난 영혼처럼
가난하여야 하리

채 활짝 피기 전
아직 탄 내음을 가슴속에만 장만한
하얀 아카시아 꽃송이를
차진 찹쌀가루물에 담가 말리고
다시 입히고 말리기를 서너 번
노랗게 안으로만 뜨거워 오는
첫사랑 같이 달구어진 콩기름에
빗진 놈 피해 가듯 스을쩍 튀겨내어
기름에 길든 대나무 소쿠리에 꽃처럼 눕히어
오뉴월 훈풍에 맡기우면
바삭하기가 장날 뻥 하고 튀겨낸 튀밥처럼
즐겁기가 그만이라네

한잔 하시게
내 그대를 위해 사철가를 부르리
사후에 만반진수는 불여생전에 일배주만도 못하느니라
이제 우리도
꽃을 먹은 입이 되었으니
꽃처럼 꿈을 갖고 꽃 같은 향기를 품고
또 꽃처럼 떠나야 할 때 떠나는
그런 삶을 꿈꾸어 보자 이 말일세
한 잔 더 먹게
아 그만 먹게 하면서
거드렁거리고 놀아보세

## 1%가 되고 싶다고?

아래는 무엇이고
위는 무엇이냐
1%가 되거든
너 혼자
잘 살거라
때가 되면
깃발이 바뀌는 법
그때까지
잘 먹고 잘 살거라
저런 걸 알고 있고
저런 걸 가르치고
저런 걸 배우려는 그대
나는 조롱하노라
가련한 하루살이여

## 퇴근길

길가에 꽃집
인도에 꽃을 놓고 팔더라도
우리가 눈감아 주는 것은
꽃이 아름답기 때문이라면
청량리역이나 동대문역
더덕 까서 파시는 노파
눈감아 드려야 되는 거 아냐
퇴근길 더덕 향기는
시골집 저녁 굴뚝
아련한 노스탤지어가 아니던가

## 수안보를 다녀와서

해가 어둑한 석양 무렵
수안보 올갱이국에
저녁 반주를 넉넉히 마시고
취기를 데불고
여기서기를 기웃거리고 싶나

찬찬히 뜯어보면 수안보에는
오랜 마음에 땟국을 벗겨낸 사람들이
맑게 웃고들 있다
아직 복숭아가 익지도
옥수수가 매달리지도 않았으나
항상 뜨거운 심장을 거쳐온 온천물처럼
수안보의 이즈막 밤 풍경은
일찍 호텔방에 들기엔
건들거리기 십상인 들뜸이다

미륵사지 돌아드는
햇살 먹은 흙길에는
지금쯤 칡꽃의 달콤한 향기가
보랏빛으로 꿀벌들을 유혹하려 들 거야
아무리 큰기침을 하여도 해라, 듣거라 인

저 열심들 벌들이 사라지면
인간도 사라진다는 섬뜩한 공포
너희들에게만 감사한 세월이구나

미래에 오실 부처 미륵부처여
당신의 얼굴이 뽀이얀 것은
화강암의 고운 빛깔 덕분도
누천년 풍상을 가려준 모자 덕분도 아닌
오직 신령하신 미륵부처의 영험하심이라 믿는
그 신실함이 나는 그립다
이렇게 잘난 사람들이 세상을 쥐어짜는 세월을 건너며
미륵부처의 영험하심이라도 한 조각 떡으로 남아
주린 영혼들을 채워줬음 좋겠다
침침한 눈을 데불고 침대에 누워
수안보를 다녀오다

## 어린 새들 떠나다

내가 눈 수술하는 사이
창가에 새 모이 주는 일을 못했더니
새가 가 * 버 * 렸 * 다
아침마다 새들의 노랫소리와
저희들끼리 토닥거리는 소리로
아침을 시작하였는데
내 눈 아픈 것만 생각했구나

오래전
오대산 북대사에
스님이 오랫동안 정성을 들여
산새가 손바닥에 올라와 모이를 먹게 하였는데
철없는 등산객이 장난치느라
잡는 시늉을 하자 날아가 버렸다 한다
다시 나타나지 않았다던가

장항과 서천 사이 국도를 달리는데
커브 길을 마악 돌아드니
까치가 차도에서 금방 차에 치어 죽은 듯한
까치 시체 앞에 깡충거리며 어찌할 바를 모른다
아마 부부였거나 형제였으리
미물인 새도 저러할진데
돌아오지 못한 세월호 가족의 마음은 어떠하리
좋은 일 기쁜 일도 잠잠하여야 하리

# 파고다 공원을 지나며

종로 파고다 공원 앞을 지나요
나이 한 순배 돌아 이 공원 앞을 지나면
만감이 교차해요
오늘같이 술을 한 잔 걸치면
더더욱 그래요
나이 육십 오세가 되면
삼십 몇 만원을 준대요 오늘부터

하루 만이삼천 원이면
종묘 담벼락 건너 돼지껍데기에
막걸리 한 병 마실 수 있어요
괜찮아요 나는
그대들이 행복해질 수 있다면
어차피 우린 구겨진 세상을 건너왔으니까요

동대문을 지나는군요
안성기가 저기에서 고래를 잡으러 떠났지요

## 민들레처럼

어이
세상 어지간히 툴툴대보라구
저 민들레 말 한 마디 하나

그냥
저 징그런 시멘 블록의 세상
온몸땡이로 까부수면서

조용히
천 길 깊은 곳에
뜨겁게 쓰디 쓴
뿌리 내리잖는가

꽃 피워 새끼도 낳고
민들레처럼

## 오늘 같은 날

피라미와 잡어 섞어 잡아
개울가 밤나무 아래 묵은 솥 걸고
고추장 깊게 풀고 깻잎도 넣어
식갱이 마른 가지 불을 지피고
잘 삭은 막걸리 주전자에 가득 담아
하얀 사기그릇에 넘치게 딸고
어이 이젠 고만 잡으시게
어서 와 잔 받으시게나 하며
권커니 잣커니 하다
뻘건 어죽 냄비야
해 질 녘에 줄든 말든
밤나무 그늘아래 퍼질러
아랫배를 긁으며
하루를 지우고 싶다

# 기막힌 우리 삶

만병에 걸려 삶을 포기하려던 분이
그러지 말고 시골로 내려가
허름한 집 한 채 구해
여름이고 겨울이고
문과 문을 열어 공기가 흐르게 하고 살어보거라
이 말 믿고 겨울에는 두툼한 솜이불 덮고
웃풍 이겨내며 서너 해 살았더니
하나둘 갖은 병이 사라지더라나
꽁꽁 비끌어 메고 사는 삶이
병을 불렀으니 기가 막힌 거라 이 말이지
아파트도 해볼만 하더란 말이지
응? 금은보화가 너무 많아 위험하다고?
그럼 그리 살다 가시구려
또 기가 막힌 우리 삶이네 그려

## 너희는 많이 배워 좋겠구나

일자무식 우리 할머니
얘야 날 더운데 남의 집 가는 거 아니다
살아보면 다 옳은 말씀

셈본도 제대로 모르는 우리 할머니
작년 가을 딸 여읠 때
외상 가져간 새텃말 조씨네 비단 한 필 값
얘야 아직 어려운가보다 채근 말거라

막내야 할미가 맛난 것 사줄테니
동네 잔칫상에 기웃거리지 말거라
그 버릇이 육십의 강을 흐릅니다

대섯방 어른 앞질러 갈 땐
정중히 인사드리고 먼저 가겠습니다 하고
앞서 가거라 뛰어가지 말고
대섯방 어른은 다리가 불편하시지요
일자무식 우리 할머니

네 맘대로 먹어라
친구들이 놀이 가자고 기다리면 빨리 먹고
그러잖으면 찬찬히 골고루 씹어 먹거라
아직까지 지구상에 이런 훈육은 못 만나봤지요
일자무식 우리 할머니

## 일막 이장

이사도라 덩컨의 춤사위와 같은 닭의 몸부림과
체 게바라풍으로 질끈 담배를 문 사내와
핏빛을 유기하려 드는 붉은 셔터와
자본과 폐허로 분리된 닭의 주검과
이 모든 것을 근수로 달아버리려는 수평 저울과
비욱한 피비린내에 생을 고뇌하는
어린 강아지들의 서로 다른 시선의 끝
그리고 모든 것의 시작인 요람 같은 닭장에 숨겨진
죽음의 그림자

방금 만난 인도 캘커타 거리의 사진 한 장

아! 아무렇지도 않은 삶이여
별거 아닌 삶이여

# 꿈도 못 꾸나

내 봄에
생의 마지막 향이 드리울 때
다행히 겨울이어서
삼일분의 술과
하루분의 양식을 지고
눈 깊은 설악에 스미어
먹고
마시다
올무 채인 짐승처럼
하늘에 오르리라

# 참나리꽃

십여 년 전
구룡령 골짜기에 핀
참나리꽃이 하도 예뻐
양파만 한 뿌리를 갈취해서
우리집 삼층 베란다에 옮겨 심었더니
칠팔 년 꽃을 피우다
이삼 년 전부터 키만 웃자라고
꽃이 피지 않는다
그 광활한 백두대간에 자라던 것을
지름 삼십 센티 높이 오십 센티
좁아터진 화분에 옮겨 놓았으니
참나리는 얼마나 삭신이 쑤셨겠는가
햇빛이 얼마나 그리웠겠는가
봄이 오기 전 산에 다시 옮길 일이다
다시는 이따위 짓을 하지 말아야지

## 벌과 나비

벌도 나비도 같은 꿀 먹고 사는데
어째서 벌한테는 침이 있고
나비한테는 그런 것이 없습니까?
- 벌한테는 지켜야 할 물건이 있고
나비한테는 그런 것이 없어서다

그 물건이 무엇입니까?
- 쌓아둔 꿀이다

벌도 나비도 같은 꿀 먹고 사는데
어째서 벌은 총알처럼 날고
나비는 술 취한 할멈처럼 춤을 추며 납니까?
- 벌한테는 지켜야 할 물건이 있고
나비한테는 그런 것이 없어서다

그 물건이 무엇입니까?
- 왕국이다

벌과 나비, 어느 쪽이
더 잘 사는 겁니까?
- 둘 다 잘살고 있다

무엇이 잘못 사는 겁니까?
- 벌이 나비처럼 살고
나비가 벌처럼 사는 것이다

그렇게 살 수 있습니까?
- 벌과 나비는 그렇게 못해도
사람은 곧잘 한다

## 세뱃돈도 안 주는 한가위

이천만 원 모아 고향 내려가
미꾸라지 양식하겠다던
미아반점 배달원 창식이
삼 년 동안 고향 한 번 안 가고
이천만 원 모아 고향 가더니
소식을 알 수 없네
하여 무소식이 희소식

옛날엔
추석 다음 날부터 꺼먼 겨울 교복을 입었지
땀을 질질 흘려도 입었지
대부분 그런 세월을 살었지
그렇게 꼰대들이 되었지
이해하시게나

욕쟁이 춘성스님 계셨다는
의정부 가다 망월사
뜨는 달 보며 욕이나 한 바가지

야 이 개같은…

## 쓸쓸한 날의 한 잔

그땐 밝은 달
잔뜩 먹고
오줌 누러 가는 시간도 아까웠는데
언젠가부터
한 잔 마시고
만나는 달
사는 게 쓸쓸하다

TV
안드레아 보첼리
뉴욕 필하모니
TIME TO SAY GOOD-BYE
너희도 쓸쓸하구나

나도 한 잔 하시게

## 차라리 일장춘몽

내 사는 꼴이
로또가 당첨되어
그 어렵다는 확률
로또에 당첨되어
삼천리 자전거 하나 사는 게 소원인
뭔 거울러진 인생이냔 말이지
그렇지않고서야
이리도 긴 세월을
헛꿈만 꾸고 있느냔 말이지
차라리 인생은
일장춘몽이라고
크게 놀던가

## 아버지의 감나무

아버지 그걸 뭐하러 심으세요 누가 따 먹는다구

“그래두 누구라도 따 먹을 게다”

아버지 하늘나라 가시기 전
당신 잠드실 땅 한 터에
감나무 두 그루를 심으시는걸
노인양반 헛수고하시는구나 하였는데
외로운 산소 곁
감나무는 나 봐라 하고 자라 주니
땡감으로 감식초를 만들겠다고
한 접도 더 땄습니다
가을 하늘이 아버지 생각처럼
높고 푸르릅니다

# 으름도 별처럼

으름을 먹는 까닭은
씨가 절반인 으름을 먹는 까닭은
입안에 넣어 한나절 오물거리다
하얀 종재기에 오물오물
까만 씨를 뱉어내어
아내의 진주반지 옆에 두었다가
눈 내리는 밤
가만히 꺼내어 불빛에 바라보면
새까만 으름 씨앗들은
어느새 의젓한 세상의 일원이다
언제라도 세상에 뿌리를 내릴
생명으로 반짝이어 살아 있다
으름에 씨가 많다고
투덜대지 마시라
잘만 하면 주둥아리만으로도
천지를 창조하기도 한단다

# 성북역 느티나무

아내가 열흘간 한국에 없어
나는 아내 없음에 무쟈게 비판적이야
그래서 성북역 느티나무 호프집에서
희망을 마셔, 희망을 마실뿐이야

성북역에 뭔 사고가 났나봐
119가 왔어
내 생각인데 119는
불 안 나면 펑펑 놀면서 책두 보고 시집두 보다
평생 불 안 나면 거저먹는 직업이었으면 해
소방관이 고양이 구출하러 다녀 씨바

성북역 광장
오마이치킨 앞엔 느티나무가
서라벌 절집 탑처럼 줄을 지어 심겼는데
그중 한 놈이 여러 사정으로 죽었어
공무원이 포크레인 끌고와 심었는데 죽고
또 심었는데 또 죽고 또 심었는데 또 죽고
야 이놈아 네 고향엔 느티나무도 없더냐
그는 하늘이 필요한 게야 넓은 하늘 말이야
어허 취한다

# 이외수 문학관 오르는 길

다목리 감성마을 오르는 길
사슴목장 못 미쳐 뒷간 옆
지상의 모든 것은 수평이고자 하는
오래된 습관을 거부하고 있는 저 탑을 보라
신라탑삼층 백제탑오층 고려탑다층
귀신 잿밥 먹는 소리 마라
나는 인장하중의 법칙도
그보다 더한 만유인력도 거절하고
들개처럼
칼을 들고
쓰러지면 다시 일어서면 그뿐이라고
지금 마악 선문답을 마치고
수피령 고개 너머로 그림자로 걸어간다

## 겨울밤, 에스프레소

삶이 그러하면 된다
목사든 중이든
삶이 또 그러하면 된다
시인이든 소설가든
삶이 또한 그러하면 된다
친구든 연인이든
모두 그러하면 된다
삶이 그러해야지
그것이 되려 하면 함정이다
삶 속엔 없고 그것 속에 묻히면
허위고 조작이고 거짓이고 가증이다
그리하여 목사요 중이요 시인이요
소설가요 친구요 연인이요 하고
명함 파는 자는 다 허울이다
내가 에스프레소를 즐겨 마시는 이유다

# 단풍

단풍 두 장이면 장땡인 것을
삼팔광땡 바로 아래 장땡인 것을
이름자 전에 이미 족보 서열
준엄하게 매겨 놓았거늘
건들바람 들어 백양사 쌍계루 물 비치는 숲속
보라는 단풍은 볼 일 없느니
붉은 처자 입술이나 쪽쪽 빨다
해 질 녘 운두령 지나 구룡령 빈 학교터
장땡도 시들하고 쌍계루 물빛도 하릴없고
대간 능선 햇빛 사이로 키 낮춘
참나무 누런 황금 이파리가
후후 세상아 해 지려는가 부다
그러며 서 있습디다

# 은행알

밟힌 은행알이
오직 구린내가 풍긴다고
인상을 찡그린다면
그댄 삼류야

그 안에
빙하기를 건너온
어미의 젖내 같은
그런 두웅근 향내
그걸 탐지해내지 못한다면
그댄 삼류야

자자
엄마아~ 하고
향을 맡아봐
기억나지
엄마 젖 내음
그래
일류로 살자

## 지하철 첫차

지하철 첫차는 만원이다
놀러간다고 길 나섰다가
어둑한 배낭 짊어진 노동자들 졸린 등허리에
나도 노동자로 위장을 한다
뭐 그럴 거까지야 있겠냐 하지만
비만 와도 수입이 끊기는 일용비정규직 앞에
강진 한정식 맛이 어쩌구 저쩌구 하기엔
희귀하게 남아 있는 양심의 털이
촉수로 가늠을 하는 까닭이리라
저녁에도 그 모습으로 귀가하시라

첫차 안은 명징토록 고요하다
시작하는 하루 앞에 그들은 수도자처럼
눈을 감고 명상에 잠기었다
고개가 곧추서질 않고 꺾여 있을 뿐
차라리 공부가 깊다
나도 눈을 감아보지만 내릴 곳을 가늠하느라
참새처럼 퍼득인다
공부가 멀었다

친구는 곰배령으로 떠나고
나는 강진으로 떠나고
예나 게나 하늘은 열리었다
조용히 돌아오라

## 직박구리의 울음

눈 나리는 날
텅 빈 은행나무에서
아침 출근길에 또 만난
우리 동네 직박구리
나를 가엽게 쳐다보며
살기 어렵지, 살기 어렵지
시멘트 푸대 같은 목소리로
목이 메이게 위로를 한다

# 목 놓아 우는 밤

낮잠도 아닌데 한밤중에 일어나
베란다에 물든 하얀 불빛이
달빛인가 생각하다
실낱 눈물을 방심했다

어린 날 낮잠에서 깨어
텅 빈 여름의 한낮
찢어지는 매미 소리와 오열로 만나
퍼내듯 울며 또 그렇게 그치던 습관

일원 송승호의 수묵화에
방금 불빛이 스며들더니
서서히 담채가 되어
울고 있고나
참으로 가을 기러기는
구만리 장천길을 떠났느냐
잉아줄 되어 목 놓아 우는 밤

## 이 시간 나의 소원

북한산 인수봉 아래
아름드리 참나무 허리
해먹에 묻히어
별이나 바라봤으면
어둠에 두려워졌으면
작아졌으면

## 그대의 뒷모습에 깔리는 노을이 되리라

그녀는 자꾸
눈 쌓인 수락 어둠 속으로 가자 했어
아가리 속 말이야
여보게
세상에 누가 그대의 고독을 알겠는가

아버지와 두 아들이 하는
수락산 노원골 고깃집
불판이냐 제주에서 공수해 온 고기 탓이냐
엄마가 카운터에 없는 까닭
우린 모두 잘 먹었다

오늘은 오센티가 오지 않았지
오붓하게 나는 너의 손을 잡았어
그리고 수줍게 너의 손등에 키스를 했어
그래도 창밖에 지금
눈이 그 눈이 공허하게
억수로 내리고 있어

# 동백꽃

동백이 무슨 꽃이람
시절두 턱없는 한겨울
눈 속에 묻혀야 제격인 거짓말
지는 것두 그래
지려거든 바람에 흩날리어
하늘하늘 나비를 닮아야지
백산 들판 죽창 든 동학군
야 이 드런놈의 세상아 하며
황토에 모가지 썰어 묻듯
뚝 부러져 끝장을 볼건 무에난 말이지
무슨 계시록 마지막 장 같은 두려움
동백이 꽃은 무슨 꽃이람

## 외로운 날

손을 잡아도
외로운 날엔
그대
혼자서 가라
외로움에
저리어
숨 죽어진들 어떠랴

## 자본주의 혈압

혈압이 하루 육백 원을 요구한다
오늘부터 육백 원을 더 벌어야 한다
못 벌면 혈압에 터져 죽겠지
자본주의 안녕

등산해도 됩니까
네 괜찮습니다
어지러운 현상은 곧 사라집니다
3개월 후 뵙겠습니다

병원 가는 길이 우울한 것만은 아니다
저 치열한 환자를 보라
혈압 좀 높다고 온 가족을 공포로 모는 치졸한 놈
치열과 치졸은 다르다, 나 말이야

## 다들 각오해

권총 찼어
알어 불법인지
왼쪽 가슴 아래
여차지 하면 뽑기 좋게
심장 가까이 매달았어
이제 비겁한 것들은 용서할 수 없어
만주 벌판의 뜨거운 육혈포를 기억해
너, 너, 너 특별히 조심해

안과 치료하다
혈압이 높으니 심장내과로 가라데
혈압 약 한 달 멕이더니 오늘 불러
24시간 30분 마다 혈압 체크하는 기계를
왼쪽 가슴에다 달아줘
왠지 으쓱했지
왼쪽 가슴에다 손을 넣고 잽싸게 뽑아봤지
옛날 솜씨 녹슬지 않았더군
다들 각오해

뭐 그렇게 비겁한 것들
하나하나 쓰러뜨리고 가는 거지 뭐
눈이든 심장이든
오라 녹슬은 세월이여
내 육혈포의 맛 좀 보아라
빵! 빵! 빵!

## 아하, 술 약속

실은 오늘이
아내를 처음 만난 날이다
사십 년 전 시청 하늘에
주먹만한 첫눈이 푸짐하게도 내린 날이었다
아내도 기억할까
내 덕분에 세상 한파에 시달려
다 잊어버리셨는가

어떻게 할 것인가

꽃이라도 한 아름 사가야 하나
우선 문자라도 한 통 넣을까
통 크게 겨울 코트 하날 선물해?
어떻게 할 것인가

아 오늘 마석에서 술 약속했지

아내여
미안하다 제발
오늘을 기억하지 마시길

## 첫눈 나리는 날

젊어 첫눈 나리면
떠난 애인 생각 나더니
없던 애인만 생각 나더니

늙어 첫눈 나리니
언 땅에 누워 계신
어머니 생각이
먼저 나누나
엄마 우리 엄마

## 만원만 내놔라

남철아 요놈아
세상 챔기름 바른 듯이 눈치 빠삭하여
마흔여덟 평 반듯하게 사는
남철아 요놈아

너 돈 좀 내놔라
돈 내놓으라니 벌벌 떨 거 없다
네놈 짭조름하기가 웅천 장날
갯것 파는 아줌니 금 간 손금 사이
찌든 짠 내보다 더한 놈에게
내가 뭔 돈을 바라것느냐
그러니 요놈아 잔말 말고
단돈 만원만 내놔라

만원이면
네 놈 냉면 한 그릇 값 만원이면
엄동설한에 밤만 되면

지하철 맨바닥에 몸을 눕히는 인생들
지지리 세상 복과는 철천지 웬수 되어
인연이 없는 노숙자라는 인류에게
한 번 붙이면 여섯 시간은 견딜만한
핫팩이 삼십 장
하루에 한 장씩 한 달을 건너낸다 이 말이다

남철아 만원만 내놔라
여러 얘기할 거 없다
마음으로만, 생각으로만 안타까워하기엔
북풍한설 찬바람은 너무 호되단 말이다
심장이 얼어붙어 작동을 멈춘단 말이다
밤새 안녕이 그들을 먹구름처럼 덮고 있단 말이다

남철아 어서
만원만 내놔라

# 취기 어린 가을밤의 상념

화분에 심겨진
몇 포기의 배추를 보며
이 사람들은 왜 이다지도
메말랐는가 했었지
그러나 어느 날엔
그들의 살림살이거나
그들의 정서에 고개를 끄덕이기도 했고
다시 화분에 꽃이 심겨지기를 바라는 마음

나는 세상에게
나의 생각이 지식이
불변할 진리라고 우기지는 않았는가
좌라고 우라고 손가락질을 하진 않았는가
배움의 높낮이로 사람을 대하진 않았는가

산은 산이요 물은 물이다가
산도 물이요 물도 산 되어 다시
산은 산이요 물은 물이로세
여기에 무슨 높고 낮음이며
여기에 무슨 옳고 그름이라
화분에 배추에 아름답기도 하다네
가을밤 취기가 담을 넘는고나

좀 더
나를 위해 살지 말자
나는 나를 위해 충분히 많은 세월을
살아왔잖은가

저를 위해 살다
못나게도 이 계절 이 시간에
지하철 종각역에 새우잠 자는
저들 옆에 나를 뉘워 본다

그래 돈 놓고 돈 먹는 세상
그런 놈도 있고 저런 놈도 있는 법
저는 저고 나는 나고

동창회 총무 영희야 철수야
요번 송년회 땐
따로 몇천 원 더 걷어
저 못난 자들을 돕게
우리가 더 낯설어지기 전에

이런 건
자본주의나 사회주의 같은
조카튼 이념이 하는 게 아니네
그냥 사람이 하는 거네
여럿이 하든 혼자 하든
사람이 하는 것이네
사람이

# 시절 인문학

요즘 인문학에 관심이 있어
말끝마다 인문인문 했더니
친구 하나가 아니꼬웠는지
야 인문학이 도대체 뭐냐
그러는 거예요

이놈이 인문학을 모를 놈이 아니니
줄여서 문사철이다 할 수도 없고 하여
애먼 소주잔만 넘기다가
나도 모르게 대답을 했지요

응, 인문은 추운 날 푸성귀 파는 노인네
싹쓸이 하는 게 인문학이야
그랬더니 헌다는 소리가
무식헌 놈 희한한 논리네 합니다
그리곤 지가 술값을 냅니다
아마 많이 안 틀렸으니 그랬나 봅니다

청량리역엔 붕어빵이 여섯 개 천 원입니다
난 그 양반도 인문학자로 보입니다
그 동넨 배고픈 이가 많잖아요

## 이놈의 꼬락서니

꿈을 꾸다 깨어 잠을 놓쳤다
어릴 적 짝사랑하던 계집애
입술을 훔치려다 실패를 하고
그녀를 좋아하는 사내놈
대갈통을 붉은 벽돌로 찍으려다
실패를 한다
깨어나서는 그놈 대갈통을
찍었어야 한다고 억울해 한다
그녀를 넘보는 놈은 가차없이
찍어버려야 하는 거 아닌가 하고
날뛰는 생각이 꼭
짜장 술 취한 허풍선이 꼴이다

희붓한 게 달이 떴나보다는
이문구의 묘사가 생각난다
달빛이 방안으로 비추이는 밤
난초 줄기 그림자가 분명한데
줄기와 상관없이 따로 움직이더라는

제법 자란 야자수 이파리가
하프시코드 소리를 낸다
잠든 동생을 깨워
맛난 것을 먹이는 형에게 형제애를 느낀다
얼음장 밑 고기를 오함마로 깨워 잡아먹는 건
비겁이거나 치졸이다
생각해 보라 잠결에 벼락 맞는
물고기의 신세를
꿈에서 깨어 새벽 세 시를 뒤척이는
이놈의 꼬락서니를
그럼 안녕

## 생긴 대로

수목원 풀과 나무의 이름들은
심각하게 고민하다 어렵게 지어진 게
아닌 것이 확실하다
애기똥풀 며느리밑씻개
오리나무 십리나무 층층나무
그렇게
심각하게 살지 말라는 뜻인가 보다
생긴 대로 살라는 말인가 보다
곰보나리가 한창이다

## 뭐여?

**단풍**

손님 모셔라
하늘에서 오신 분이다

**호박**

해처럼 붉어
내 오장을 데울 220볼트

**추어탕**

힘 좀 써봐
흐이구 이걸 서방이라구

**휴대폰**

클났다 클났다
참으로 클났다 정말로 클났다

**십자가**

이 나란 잘 될 것이야
마을마다 하느님 서 계시니

**억새꽃**

매일 이별이구나
하얀 손수건을 가으내 흔드시니

**감씨**

딱! 쪼개 보아라
거기 나무 한 그루 꿈처럼 서 계시다

**투표**

좋아하네 난 아나키스트야
너희들이 날 그렇게 만들었지

**이발소**

왜 하느님은
머리카락을 쉴 새 없이 자라게 하셨는가

**골프**

고도의 메커니즘이지
자치기의 신묘함엔 못 미치는

**미루나무**

다 어디로 갔니
하늘거리던 기억의 날들

**운동회**

바랄 걸 바라자
애들이 없다 올해도 그냥 건너자

Part 2.

# 그래도 그리운 시절

## 고 수(38)

무애 양주동 선생의 몇 가지 고집 중에 하나가 평생 맥주만 마시는 것이었다지요. 지금이야 흔한 게 맥주여서 누구나 손쉽게 사 마실 수 있지만 그 시절엔 돈푼깨나 있어야 마셔보는 귀한 것이었지요. 이 냥반이 여기저기서 주례를 요청해오면 내 거시는 조건이 맥주 한 박스라는 거야. 이를 두고 호사가들은 무리한 요구라느니 하며 입방아를 찧었다지만 그래도 양복 한 벌 값이야 하겠느냔 말이지. 부산의 무슨 세미나에 내려가 삼일 밤낮을 식음을 전폐하고 호텔방에서 해운대를 바라보며 눈물을 흘리며 홀로 맥주만 자시었다지. 천재는 무슨 생각이셨는가.

이 분의 버릇 중 또 하나는 방석이 없으면 절대 자리에 앉지 않으셨답니다. 하루는 일찍 퇴근을 하니 며느리가 주방에서 고등어를 굽는지 냄새가 자욱하고 시아버지가 왔는데도 방석을 줄 염두가 없으렷다. 어찌하는가 보려고 뒷짐을 지고 거실을 다람쥐 쳇바퀴 돌듯 빙빙 걷고 있으려니, 아 이 며느리 좀 보소. "아버님 방석 날라가요" 하면서 조리기구를 든 채 오른발로 방석 하나를 시아버지 쪽으로 차범근이 슈팅하듯 날리는 것이렸다. 말해 뭐하겠어요. 시아버지 왈, "오케이 땡큐" 하시며 냉큼 착석하시었다죠. 참으로 그 시아버지에 그 며느리 아닌가요. 가끔 형식에 매이는구나 싶을 땐 무애 선생의 방석이 생각나지요. 이 시대의 진정한 고수, 그립습니다.

## 원통사가 그 어디멘고?

도봉산의 오래된 마을 무수골은 근심이 없는 마을이란 뜻이랍니다. 오래전부터 한 번 들어가 보리라 마음에 두었던 곳을 하필 더운 날 어슬렁거리며 가볼 양으로 들다가 0.4km만 가면 자현암이란 팻말을 보고 거기까지만 가지 뭐 하고 뒷짐을 졌습니다. 비 온 뒤라서 계곡에는 어른 아이들이 너남 없이 첨벙이고 참나무 소나무 사이로 부는 바람 덕에 등줄기에 땀이 밴 듯 식은 듯하며 오른 자현암은 신기하게도 절집의 오른쪽 끝에 자그마한 계곡 물이 돌 물길을 따라 무지개처럼 흘러내립니다. 절집이 꼭 오래되어야 하고 고승이 배출되어야만 명찰인 것은 아니지만 자현암 해우소 넘어가는 계곡 물은 부처님 손길이 계획하신 명찰이 분명한 듯합니다.

자현암 찬물에 이마를 씻고 나니 우이동 쪽에서 겨울날 한 번 올랐던 원통사까지가 1.7km라고 유혹을 합니다. 며칠 전 5404팀은 오색에서 백담사길 20km를 단 하루 만에 넘었다는데 고작 1.7km에 머뭇거리다니 한심하기 짝이 없어 어금니를 앙다뭅니다. 여름 산은 확실히 마음을 비워야 할 듯합니다. 기왕지사 젖을 것 흐르는 땀을 탓할 일도 아니니 봉평 장돌뱅이 밤길 졸려가듯 무심하면 될 노릇이 아닌가 합니다. 며칠 내린 비 기운에 계곡의 물은 힘을 얻어 유장한 진양조 가락입니다.

능선에 곧추 오르자 이내 독특한 모습의 원통사 범종루가 되똥하게 솟아올라 우이암 기암괴석에 키재기를 합니다. 태조 이성계가 머물렀다는 원통사는 눈맛이 얼마나 좋은지 건너편 수락산과 불암산 자락에 뉘인 서울 강북의 아파트들이 차라리 아름답게 보였습니다. 택리지를 지은 이중환이 해동제일의 눈맛이라 극찬한 양수리 운길산 수종사에서 바라본 양수리의 눈맛과 비슷한 느낌인데 천혜의 양수리와 인공구조물인 도시의 아파트가 아름답게 보이니 아마도 선 자리가 명당이라 안계가 모두 아름답게 보이는가 합니다. 주인이 사서이면 머슴이 삼경이겠으니 원통사 끄트머리에 수직으로 십여 미터 깎아지른 바위 위에 개집이 있어 검은 개 한 마리 가부좌를 틀고 득도 중입니다. 아무리 우마견이라 한들 저쯤에서는 한 소식을 할 듯도 합니다그려.

이렇게 별다른 계획 없이 눈 호강을 하고 보니 사람 사는 것도 유난하게 계획을 세우고 미리 걱정을 빌려 안달을 하는 대신 그저 시작과 끝날 때까지 노심초사할 것 없이 생각이 났을 때 형편대로 주섬주섬 하나하나 해나가다 보면 자현암에서 원통사로 부는 가난한 바람에도 행복하였듯이 너무 옥죄이게 할 노릇이 아닌 게로구나 하고 오랜만에 늘어진 생각을 해 보았습니다.

## 까치 유감

텃새인 까치는 참으로 텃세가 심한 새가 아닌가 합니다. 까치와 그나마 어울려 사는 새들은 참새 비둘기 직박구리 정도입니다. 그러고 보니 이들도 모두 텃새이군요. 사돈 간일 거 같은 까마귀도 얼씬못하게 떼를 지어 공격하고 길을 잘못 든 독수리를 쪼아대는데, 뜨고 나는 것이 불편한 독수리는 구석에 처박혀, 하늘의 제왕이 무색하게 스타일 구기고 있었습니다.

4.19국립묘지 잔디밭에 아장거리는 아이에게 달려드는 까치와 화들짝 놀라 달려가던 엄마의 눈동자가 기억에 생생합니다. 이쯤 되면 안하무인인 셈이지요. 아마 우리 집이 구체적으로 몰락했던 때인 거 같습니다. 장죽이 길어 화톳불이나 등잔불이 없으면 천상 막내 손주인 내가 불을 붙여 드렸는데, 해장담배를 즐겨 드시던 할머니는 아침 까치가 울면 어둡던 얼굴에 화기가 도시며 니 애비 일이 잘될라나부다 하셨습니다. 까치가 운다고 반가운 손님이 온다는 걸 넘어 안 될 일도 잘될 거라는 아주 형이상학적인 해석이셨지요.

그 후로 아버지는 벼랑 잘 풀린 것 같지는 않았으니 까치소리는 그저 까치소리일 뿐이란 걸 일찍 터득하였지요. 그러나 낯선 자의 방문을 까지 특유의 텃세로 울어댐으로 반가운 손님이 온다는 걸 알려준다는, 일반적 의미의 낭보는 따뜻한 추억으로 남아 있습니다.

까치가 과일을 쪼아댄다고 난리입니다. 육식성에 가까운 잡식성인 까치는 개구리 같은 것을 즐겨 잡아먹는데, 농약의 과다살포로 까치 먹이의 개체 수가 줄어들자 과수원으로 달려든다는 단순한 현상을 인간들만 모르쇠입니다. 까치도 과일부스러기가 벼랑 입맛에 맞는 건 아닌가 봅니다. 이놈을 쪼았다 저놈을 쪼았다 하는 거로 보아선 말이지요. 그 옛날 까치는 겨울 감나무의 까치밥으로 남겨 논 홍시 몇 개면 충분히 선한 사마리아였습니다. 모든 존재는 살아야 한다는 대명제 앞에 수단과 방법을 가리지 않습니다. 인간들이 농약을 치고 제초제를 살포하며 오직 인간만을 위하여(결국은 인간도 자멸할지도 모를) 세상의 생명들을 죽이려 드는 한 까치는 과수원뿐이 아니라 마치 히치콕의 영화 '새'에서처럼 인간의 심장을 향하여 날선 부리를 쪼아댈지도 모를 일입니다. 까치 너무 미워 마세요.

## 참으로 답답한 노릇

그래, 술 먹고 지랄발광하는 놈도 있어. 얼마나 세상 살기 팍팍하면 저러겠나 싶다가도 저거 누가 안 잡어가나 싶은 놈 있긴 있어. 장바닥에서 상인들에게 무뢰배로 찍히고 파출소고 나발이고 닥치는 대로 치고 부수는 그야말로 酒暴이 있긴 있어. 당해 본 사람은 그 심정 알지.

전두환이 대통령 된 거 면목 없으니 삼청교육대 만들어 잡아갈 때 시민들 괴롭히는 깡패를 잡어가노라 했지. 오갈 데 없어 역 대합실에서 노숙하던 사람들, 기차 갈아타야 하는데 여관 갈 돈 아끼느라 의자에 쭈그리고 잠든 사람 어어어어 반병신이 되었지. 더 면목 없는 대통령 박정희는 깡패 잡아다가 제주도 1,100고지 길 만드는 데 써먹었지. 에이씨 지들 면목 없는데 엄한 놈을 잡아가.

서울 경찰청장 김용판 씨가 '주폭'이란 언어를 특허청에 등록해야 한다고 한 사실을 이제야 알았으니 나도 참 한글사랑에 무지한 놈이야. 헌데 말이요 김용판 씨. 술 먹으면 버르장머리 없어지는 날건달을 다스리는 건 나라고 굳이 반대할 이유는 없소만, 참으로 걱정스러운 일이 한두 가지가 아니외다. 주폭이 무슨 시민공청회라도 거쳐 제정한 것도 아니고, 단속의 기준이 엿장수 맘대로일 가능성이 많으니 쓸데없이 오래 살아온 내 생각으론 왜 자꾸 박통의 깡패단속이나 전통의 삼청교육대가 생각나는지 참으로 답답한 노릇이외다. 답답한 세상 술이라도 먹어야 팍팍한 마음이 풀리는가 했더니, 이제는 정신 바짝 차리고 한 점 흐트러짐 없이 윤동주의 별을 헤는 밤처럼 술을 마시게 됐으니 이래저래 이 나라는 그대 덕분에 국격이 높아만 갑니다, 그려.

## 제발 행복했으면 좋겠다

며칠 전 텔레비전에 오십 중반의 사내가 고랭지 채소밭 한가운데 외딴집을 짓고 혼자 사시는데, 손수 지은 집 이 층 모양의 독특한 겹지붕에 심심하면 사다리를 타고 올라가 사위를 둘러본다나. 왜 이렇게 외진 곳에 혼자 사시느냐고 물어보니, 저잣거리에서 사나 여기에서 사나 우리는 결국 늙어 죽을진대 장소가 뭐이 그리 중요하나 이 말입디다.

손수 심은 옥수수밥을 즐겨 먹는데 며칠 머문 방송국 사람들 떠난다고 이밥을 하느라 부엌을 잠깐 비추는데, 홀아비 사는 부엌이 다 그렇겠듯이 뭐 대충 그까이꺼, 입디다. 쌀을 씻느라고 물을 받는 찰나에 내 머릿속에 번갯불 같은 것이 번 하는데 다름 아닌 파란 고무호스에서 나오는 물 때문이었지요. 부엌에 샘이 있어 뚜껑을 해 달고 호스로 물을 받아 쓰는데, 안 쓸 땐 잠가놓을 수도 있으련만 그러면 물이 제 갈 길을 못 가니 옳지 않다면서 하루 종일 물은 호스를 지나 부엌 한가운데로 흘러서 세상으로 나아가게 하였습니다. 호스는 수량에 따라 흔들흔들하면서 가끔은 푸득푸득 소리도 내며 부엌 한가운데를 잘도 흘러갑니다. 불국사 석굴암 밑으로 두 줄기 물길이 있어 석굴암의 습도와 온도를 적절히 유지하도록 설계되었다는 고고학자의 설명이 머리를 스쳤습니다.

고뿔 한 번 안 걸린 이 사내는 전깃불도 없이 날고기를 먹다 싫증나면 구워도 먹는다는데, 굽는다는 게 그냥 타는 불 속에 덥석 던져놓곤 재와 뒤엉킨 익은 고기를 툭툭 털어먹으면서 재는 해로운 게 아니라 합니다. 구석기는 면해 신석기쯤으로 사는 그의 모습에 이상한 그리움이 솟습니다.

## 매화야 피든 말든

봄날, 섬진강 청매화 농장 매화 보러 갔더니만 바추카포 만한 사진기를 맨 사진사들이 마치 최후의 척탄병처럼 꽃을 찍어쌌는데, 모르긴 몰라도 그 난리 속에 좀 일찍 핀 꽃도 있었겠더라. 카메라도 없는 나는 야코가 죽어 작년에 담은 매실즙 파는 노파와 말을 건네는 것도 싫증나고, 반짝 봄가뭄에 콧대 높은 기생 인조견 속치마 같은 섬진강 보는 것도 따분하여 그늘에나 앉아 보자고 탱자나무 울타리에 쪼글시 앉았지.

그런데 하이고 세상에, 움도 안 튼 탱자나무 아랫동 그늘받이에 생긴 게 똑 애들 학예회 천장에 오려 붙인 은박별이거나 큰누나 아껴 입던 후레아 치마에 수놓아진 작고 예쁜 꽃들이 다투어 다투어 피었더란 말이지. 아따 거기도 삼라만상이요 함성이 진동하는데, 그렇구나! 매화만 잘난 게 아니구나 하는, 남이 다 해버린 생각을 늦게사 알아채고 혼자 세상을 얻었더라 이 말이지.

그 길로 쌍계사 매표소 아래 딸 부잣집, 솔가리 채 꺾어 우려낸 포르스름한 막걸리를 부어라 마셔라 하는데 자꾸만 그 작은 꽃들이 아저씨 작작 좀 마셔요, 말도 좀 적게 작게 하고 훈계를 하는 바람에 항아리 두서 너덧 비워내고 니스 칠한 기둥에 기대어 봄볕을 덮고 낮잠을 잤는가본데, 코 고는 뽄새가 머슴 찜 쪄 먹게 우렁차서 나이만 젊으면 사위 삼고 싶더라나.

그날 이후로 나는 딸부잣집 단골이 되었고 머리가 다 센 형편에 아직도 나는 그 집 사윗감이더라 이 말이지. 어느 봄이고 바추카 부대는 오기 마련이고, 아직도 카메라 없는 나는 별꽃이나 보고 장모님 푸른 막걸리 생각에 이 긴 겨울을 건너갈 요량이지. 매화야 피든 말든.

## 그해 겨울

소백산을 홀로 오르기 위해 주인 몰래 풍기호텔 목욕탕에서 버너에 밥을 하여 새벽녘에 식은 밥을 맛김에 돌돌 말아 도시락에 담아 깡 얼은 얼음장 속으로 수채화 그리듯 쏟아지는 희방폭포를 지나 좁은 햇살이 비비고 들어앉은 희방사 툇마루에 밤새 길을 잘못 들어 온 산을 헤맨 대학생 세 녀석 아직 공양 시간이 안 돼 빈속을 쓸어안을 때, 연화봉에서 먹을 내 김밥은 그들의 주린 창자를 채워주었다. 내가 먹지 않는데 내 배가 불러오는 비합리적 현상, 나는 그날 한 해 동안의 계획 겨울 소백을 포기하였다. 이 우울의 시간에 그 녀석들 생각이 난다. 볼이 미어지게 먹던 녀석들이 생각난다.

## 6월의 연잎

봉선사 연잎이 곱게도 피어납니다. 연꽃이 곱다 하나 새큼한 향을 내뿜는 6월의 연잎은 꽃보다 귀한 듯합니다. 척박한 세상꼴이지만 틈내시어 연잎을 찾아 나서 보시어요.

이화여대 뒤편 안산자락 봉원사의 연잎도 그댈 반길 거예요. 양수리 연밭, 연인의 손을 잡고 천천히 걸어보셔요. 봉선사 연꽃 유치원 아이들이 지난봄 정성 들여 심은 감자밭에 감자꽃이 하얗게 피었습니다. 세상 이치가 저 감자밭처럼 콩 심은 곳에 콩이 나는 이치여야 하거늘 저 어린것들이 정성을 들인 곳에 잡풀이 무성하다면 아이들의 실망이 얼마나 클까요.

어제 여주를 내려가는 차 안에서 들은 어린이를 위한 동요 노랫말에 "어른을 닮지 말자 어른을 닮지 말자"를 들으며 참으로 씁쓸했습니다. 어린이에게 어른을 닮지 말라는 나라 어른이기가 부끄러운 시절입니다. 푸른 연잎이 무상한 세상입니다.

## 그래도 그리운 시절

장마철이 되면 서부역에서 구두닦이 하던 S형제가 생각나. 지지리 가난해 밭뙈기 한 평 없이 간이역 마루보시하던 애비. 그해, 붉은 황토가 흐르는 개울둑에서 살점이 도톰하게 붙어 떠내려온 빨간 참외 껍질을 제비가 벌레를 잡아채듯 긴져내 주저 없이 입으로 가져가던 S형제. 서부역에서 구두를 닦다 이래저래 돈을 모아 고향 바닷가 어드매서 커다란 여관을 한다는 S형제. 그대의 자식들은 모두 행복하여라.

채만식의 『탁류』를 읽은 게 초등학교 때였어. 집안의 막내이고 책도 별도 없던 때니 되는대로 읽어선지 도대체가 나이와 맞질 않는 게 태반이었지. 근데 탁류를 읽었을 때 내 가슴안에 솟는 어떤 커다란 강건한 힘이 느껴지는 걸 느꼈지. 주먹만 한 코흘리개가…. 어느 한 장면이고 감동치 않을 수 없는 소설! 난 그때부터 소설가를 꿈꾸지 않았을 거야. 나는 그런 감동이 있는 글을 쓸 수가 없겠기에….

미꾸라지가 하늘에서 떨어진다고 하면 아직도 거짓말이라고 하는 사람이 있어. 그땐 그랬어. 하도 장맛비가 깊으니 아마도 미꾸라지가 하늘길이 강물길인지 알고 올랐거나 승천하여 용이 되려는 그야말로 용꿈을 꾸었거나 둘 중의 하나였겠지. 그때는 천지현황이 다 하나로 흐르던 통 큰 세상이었지. 그나저나 서울 녘엔 언제 비가 오시려나.

## 노인 유감

굳이 떠나려는 시내버스를 향해 달려오며 버스 옆뎅이를 탕탕 쳐 차를 세우고 심장을 쥐어짜며 오르는 노인.
“할아버지 버스 금방 오잖아요. 다음엔 천천히 기다렸다 타셔요”
“그러게 말이요. 근데 그게 잘 안돼.” 맞어 평생을 저리 쫓기며 살아온 게야.

경춘선 태릉 부근 펜스를 치고 뭔 공사를 하더라만. 이건 순전히 내 생각인데, 주변에 대학들이 많으니 젊은이들이 소소한 제품을 만들고 그 길에 판매부스를 만들어 노인들에게 맡긴다면 재밌잖을까? 아 요놈들이 요런 걸 좋아하는구나 하고 노인들이 젊은이들을 이해할 수도 있잖을까?

도봉산이나 수락산엘 가면 노인들이 ‘쿵자라작짝’ 신명 나는 이동식 음향기기를 틀고 다니십니다. 줄줄이 들려오는 음악소리에 짜증도 나지만 저분들은 저 노래들밖에 접해 보질 않았으니 어쩌겠는가 하고 생각이 머무니 어른들이 안쓰럽기도 합니다. 베토벤이 모차르트가 바흐가 아무리 위대해도 접할 기회가 없다면 무용지물인 게고 소음인 것이지요. 어디 술 한 잔 마시고 대전블루스 한 번 목청껏 부를 데 없을까?

## 갓

화순 운주사 다녀오다 논두렁에 자생한 커다란 갓을 얻어 관광호텔 공터에서 달집태우기를 할 때 전라도 아줌마가 무쳐준 갓 겉절이 맛은 앗따 막걸리 동이깨나 비우것드란 말이지. 뻘건 고무 대야에 건듯 담아내니 오며가며 달집 태운 꺼먼 손으로 잘도 집어 먹더란 말이지.

지금은 어느 싸가지 없는 놈이 백악기 이전 지구 땅덩어리 모습이라는 변산반도 채석강 언덕에 턱 허니 러브호텔을 지어놓고 매춘허듯 돈 버는 꼴이 보기 싫어 그쪽 보고는 오줌도 안 싸는 형편이지만 어느 해 초겨울 도반들과 해풍과 씨름하고 사람 발에 밟히며 자란 어쭙잖은 갓을 얻어 콘도에서 부어라 마셔라 하는데, 어라? 고기며 갖은 안주는 거들떠도 안 보고 갓으로만 손길이 가는 거라.

“야 이 사람들아 그거 사람들이 지나다 오줌도 싸고 혀서 탈 난단 말여” 하고 헛수작을 해도, 해라 듣거라로 잘도 먹습니다. 그 맛을 잊을 수가 없는기라

백두대간 구룡령 넘어 양양 가는 길. 선림원지 지나 좌로 들면 떡마을, 코스모스가 사람 키만 한 재래종 마을. 여름내 뜯어다 팔고 남은 갓밭 이삭 우리가 누군가, 해라 마라 할 거 없이 갓이다! 외마디에 무슨 명량해전 진군허듯이 달려들어 깜냥껏 얻어 가지곤 가을밤 취한 김에 구운 삼겹살 덜 익은 놈도 매콤하게 안아 들이고, 너무 익은 놈도 달래어 받아들이고, 잘 익은 놈은 겹으로 싸서 맞아들이니 이 맛을 두고두고 잊을 수가 없더란 말이지. 생긴 건 춘향이 볼따구니인데 맵기는 변학도 볼기 맛이건만 신통하게도 다음 날 속까지 편안하니 지금도 그게 궁금하더란 말이지. 똑 이때만 되면 생각나더란 말이지.

## 2014 거리에서

갑이 저질러 논 세상 갑은 모른다. 을이 해결하라, 혀는 판국에 저나 나나 을인 주제에 갑 편에 서서 을을 손가락질하며 자기가 갑이 된 양 아니 자기는 을이 아니라고 착각하는 가엾은 을들. 모래개미처럼 점점 자기모순으로 빠져 갑이다, 나는 갑이다라며 을에게 손가락질하는 저 악다귀들. 안다, 나는. 너희 가짜 갑들은 너희 증조할아버지가 친일했고 너의 할애비가 유신했고 너의 애비가 친독재했고 네가 그 종놈의 새끼라는 걸. 나는 안다. 그렇지 않고서야 너나 나나 눈 달리고 귀 달리고 생각 있는 연놈들이 이 시대 이 거리에서 그런 개수작을 할 수 있겠느냐.

## 여보세요, 거기 누구 없소

내 눈으로 내 몸으로 가령, 하다못해 머리 길다고 잡아다 자르는 되잖은 놈들 하는 짓을 보고 겪었으면 마치 사시사철 한 칸씩 늘려가는 나무의 나이테처럼 세상이 뭐가 바르고 뭐가 그른지 어설피라도 아는 거 아닌가. 그 나이테로 또 되잖은 것들 혼내기 위해서라도 나일 먹으면 더욱 진보주의자 좌익분자가 되어야 하는 거 아닌가?

나이 들면 보수 우익이 된다는 건 학설이야 관념이야 뭐야. 한다는 소리가 철들어라, 나이에 걸맞게 살아라 하는 귀신 잿밥 먹는 소리나 하고 자빠졌어. 아 시바 외롭고 심심해 못 살 것네. 거기 누구 없소?

## 겨울

지금도 그 소리를 닮은 소릴 만나면 몸서리가 쳐진다. 뒤주 바닥과 쌀 바가지가 드르륵하고 교차하며 내는 파열음. 뒤주에 쌀이 바닥난 것이다. 어머니의 어깨에 섣달 삭풍이 인다. 망한 상인의 집엔 장롱만 휘황하다.

남의 집 밥상머리에 얼씬을 안 했다. 알 수 없는 어린 자존심. 할머니마저 동네잔치를 다녀와도 막냇손주 새끼 떡 한쪽 쥐여주지 않으셨다. 철둑에 호박을 몇십 구넝이를 파고 가을에 따다 겨우내 호박죽을 먹었다. 서울내기들 먹는 미끈한 호박죽은 죽도 아니다. 서걱썰어 푹 삶아도 튼실히 씹히는 호박과 통팥의 거친 맛이라니, 그때가 겨우 겨울인 것이다.

남들은 여벌로 먹었지만 고구마는 나의 한 끼였다. 그나마 풍족했던 동치미를 젓가락에 끼워 "밥 내놔라" 한마디 없이 꾸역꾸역 목을 여미던 나는 어쩌면 어미의 속을 더욱 쓰리게 했던 불효자였을 것이다.

고구마에 쌀이 인사차 달라붙은 달콤한 고구마밥에 동치미로 배를 채우고 눈 나리는 창문 너머로 밤을 바라보며 웃풍 센 동짓달을 건너간다. 누나와 난 참 노래를 많이도 불렀다. 사막을 걷는 낙타의 눈 속에 비친 신기루와 같은 세월. 추억의 모래가 서걱인다.

## 세상에 등불 되기

7호선 전철을 탔는데 안내 방송하는 여객전무의 솜사탕 같은 안내 방송이 나오지 뭐야. 간추려 보면, 오늘 하루 수고하신 승객 여러분 바람이 차가우니 목도리라도 단단히 하여 감기 걸리지 않도록 하십시요. 안녕히 가십시오. 뭐 별거 아닌것 같은 소린데 춘삼월 들풀같은 진솔함에 설핏 눈물이 감돌지 뭐야. 맞아, 우리는 오랫동안 놓치고 살았어. 마음을 나누는 안내방송이 꼭 비행기를 타야 얻어듣는 것인가. 아직 식사를 못 하셨을 텐데 어서 가셔서 따뜻한 국이라도 드시라지 뭐야. 여객전무 저냥반도 속이 부실 할 텐데 설렁탕 진한 놈 한 그릇 멕이고 싶더란 말이지. 지하철 7호선은 보잉 707이더란 말이지. 은하철도 999더란 말이지.

## 잘 안 될 거야 아마

출근길, 동부간선도로 정체가 월요일답다. 모두 어서 빨리 돈 벌어서 시골 내려가 농사짓자 하는 꿈을 이루시게들. 주의할 것은 내 경험인데 말이야. 평생을 해도 잘못하면 꿈만 꾸다 끝날 수도 있어. 고것만 해결되면… 하지만 그게 안 될 거야.

오스카 와일드던가, 묘비명에 우물쭈물하다 이 모양 이 꼴이 될 줄 알았다던 사람. 월요일에 김빠지는 얘길 수도 있으나 실패담도 참고가 될 때는 있겠기에 해본 소리야. 어쨌든 난 시골로 가고 말테야. 버나드 쇼라는구만.

## 가시연꽃

연꽃이 피는 철입니다. 새벽녘에 꽃심을 돋우니 게으른 자는 그림일 뿐이지요. 몽우리 진 것과 만개한 것과 씨앗을 밴 것. 삼세 공존하는 아름다운 무질서. 한 번은 몰래 꺾어 품고 싶은 욕망.

어느 해 여름날 창녕 우포늪에서 난생처음 만난 가시연 잎을 보고 엉뚱하게 반도 땅은 참으로 넓구나 하는 생각이 들었습니다. 지리산 해돋이 온전히 보는 것은 삼대 공덕이라 한다지만 우포늪에 기대어 사는 안내인 마을 사람은 "당신들 온전히 가시연꽃 만나는 걸 보니 부모 덕이 많은가 봅니다"하며 기분 좋은 농을 합니다. 지름이 이삼 미터라고 하면 그런가 보다 하다가도 땅바닥에 지름 이삼 미터짜리 원을 그려 보여주면 에이 설마 하는 게 우포늪 가시연꽃입니다. 마침 왜가리 한 마리가 올라서지만 미동도 없습니다. 장마가 깊어지면 녹아 사라져 버리고 마는 광장 같은 연잎. 한반도 참으로 넓습니다.

초파일 하루만 산문을 여는 문경 봉암사에 갔더니 절 마당에 온통 백련을 만들어 층층이 장식하였는데, 그 장관에다 희양산 산안개가 때맞춰 내려 봉우리 화강석이 부처님 되고 백련이 떠받드는 형상이라 혼자 외떨어져 한참을 바라보았습니다. 분명 만든 꽃이련만 살아있음이요 돌덩이련만 부처라니, 희양산 자락은 한 소식 들고도 남을 텃자리인가 합니다. 가끔 때가 안 풀릴 때는 먼발치에서라도 바라보고픈 아름다운 절집!

## 설악산을 오르며

설악 오르는 목 용대리에서 바삐 서두르는 건 싱건 반찬에 물 말아 먹는 맛이지. 비 갠 아침나절 여덟 시 첫차를 기다리며 먼 산 푸른 봉을 아껴보며 먹는 산채비빔밥은 아무려나 백담사 것 그 맛이 최고이고말고. 반도 제일의 협곡 백담계곡을 마을버스 타고 휭하니 지나가는 이 가벼운 인간의 감성을 어찌한단 말인가. 결과나 목적만 탐닉한다 탓할 수만은 없는 길고 긴 백담계곡. 훗날 요 계곡만 뚝 떼서 하루를 보내리라, 꼭 그러리라. 보라, 보라 차창 밖 저 명경지수 다름 아닌 물빛을 보라.

백담사에서 신발 끈 조여 매며 기도합니다. 부처님 섬기는 분도 산에 잘 오르시고 예수님 섬기는 분도 산에 잘 오르시고 아무도 안 섬기는 분도 잘들 오르시어 그저 내려올 때는 부처가 예수 되고 예수가 부처 되어 섬기든 안 섬기든 거저 산이나 되고 하늘이나 되게 해 달라고 신발 끈을 옹첨 매며 턱없는 기도를 합니다. 장마 때마다 떠

내려간 돌탑들은 해마다 새롭게 쌓여서 얼마나 많은 이들의 소망을 풀어 주셨을까. 다시 소망을 빌어보라고 여름마다 지난 소망을 허물어트려 새 술을 새 부대에 담아내시는 지존의 세계라니…. 나는 단지 그분들의 염려로 여름 산 설악에 오르려 합니다.

재수 좋은 년은 종살이 가도 머슴 많은 집에 간다더니 비 개인 다음 날 영시암 오르는 초입 숲길에는 촉촉한 물기운과 산새들의 노랫소리와 여름꽃들이 어우러져 초여름인데도 서늘하기가 그지없어 여름 산행이 처음인데도 휘파람이 절로 불어집니다. 종살이 가는 그 처자의 기분이라 이 말이지요.

# 묘비명

정말 시를 쓰고 싶다. 비비 꼬아 귀신 잿밥 먹는 소리가 아닌 그냥 쉬운 말로 쓰고 싶다. 신춘문예 같은 데는 똑 떨어져도 무심한 사내 고개나 끄덕이게 할 그런 시 하나 짓고 싶다. 나는 본래 사는 게 개차반인 사람이 쓴 시는 시 나부랭이라 치부하는 협협한 자라서 내 삶이 제대로 굴러가질 않아 아직 시 한 수 얻기가 어렵다는 걸 알지만 일기엔 요새도 잘살아보자고 노력 중인지라 어느 손 없는 날 시 한 수 만나기는 하리라 짐작한다.

그 시를 잘 닦아서 내가 죽으면 다른 건 몰라도 그 시루다 묘비명을 쓰라고 유언을 할 것이다. 이도 저도 안 되면 세상 살다 만난 사람들 이름이나 죄다 적어놓지 뭐. 인간 같잖은 놈들은 빼고 인생 잘 산 사람들 이름으루다 말이야.

## 인사만 잘해도 시인

모든 인사하는 소리는 시와 같다. 출근길에 아파트에서 만나는 어른 애 할 것 없이 안녕하세요 하며 인사를 했더니 요새는 만나는 이마다 안녕하세요 하며 시를 짓지 뭐예요. 우리 아파트엔 모두 시인만 살아요. 그러니까 싸우고 시비하고 자학하는 놈은 아무리 말을 비벼대고 볶아대며 시라고 내세워도 그건 시쳇말로 멘탈의 붕괴 현상에 불과하다 이 말이지. 인사만 잘해도 시인이 되는 복잡하지 않은 세상에 난 살고 있지.

## 대추나무 대추 열리듯

그러니까 내 말은 무릇 내 뜻을 필설로 내세우자 함에는 다른 무엇보다도 말귀를 줄여야 한다 이 말이지. 보시다시피 나처럼 동가숙서가식 허 듯 되잖은 소리 나불대다간 옅은 지식이 거덜 나고 말 일이니 나를 내세우고자 함에는 침묵이 일 순위라 이 말이지.

여름에 고이던 편백나무 목침을 시나브로 선선한 날씨에 덮고 자던 홑이불 속에 껴안듯 품고 자니 아침나절 이부자리에서 삼삼한 편백의 향이 선잠을 깨우지. 또한 저러하여야 하리니! 내젓지 않아도 스스로 향을 내뿜는 편백처럼 사람도 편백처럼 스스로 향을 발하는 아름다움이었을 것을. 내세우지 않아도 스스로인 것을.

하루가 또 부끄러웠구나.

# 직박구리

겨울도 마다 않고 즐겨 노래를 부르는 새는 직박구리 혼자뿐이다. 이따금 노랠 부르는 다른 새도 있겠으나 아침나절부터 노래로 시작하는 직박구리는 그나마 겨울을 따스하게 한다. 직박구리의 노랫소리를 듣기 싫다는 사람도 있는데 그건 노랫소리를 귀담아듣지 않았기 때문이다. 그저 높은 소리로 노래하는 듯해도 제비처럼 공글리고 길게 끌기도 해 마치 피리를 문 언니의 입안처럼 분답하게 와글거리는 생동감이 있다.

대개 직박구리를 달가워하지 않은 까닭이 조금 높은 음을 낸다는 것과 무엇보다 그의 외모 때문일 거로 생각한다. 짙은 잿빛의 깃털은 마치 막걸리를 소주잔에 따라 마시는 듯한 익숙하지 않은 느낌 때문일 거라는 생각인데 어쩌면 칼을 들이대어서라도 누군가를 닮아야 직성이 풀리는 외모 우선주의 탓도 조금은 작용했으리라는 생각이다.

항상 두 마리가 같이 다니는 금슬 좋은 직박구리는 아마도 그 목소리로 러브송을 부르는 듯하다. 남의 사랑 노래를 이렇다저렇다 하는 건 참으로 경우 빠지는 일이라 더 이상 군말 안 하련다. 비둘기와 참새까지 공존하는 텃새인 직박구리. 겨울 아침을 따스하게 덥히는 내 영혼의 보일러. 댁의 가슴 안에도 보일러 하나 놔 드릴까요?

## 어제 하루

차를 놓고 버스를 타고 다녀오니 차 없던 시절에 갖고 있던 시간이 다시금 살아난다. 시간이 뭔 목숨 있는 것도 아닌데 하시겠지만 노을이 붉은 차창 너머로 일 분만 줄곧 바라보시라 쓸쓸한 가을이 거기 있다. 쓸쓸함 없이 무슨 가을 맛인가.

버스를 갈아타려고 일동에 내리니 사람은 없고 군바리와 외국인 근로자뿐이다. 이 땅에서 그들은 사람이 아니었지. 또 쓸데없는 생각한다. 군인도 외국인 근로자도 사람이다. 버스가 회사 주유소로 들어가 기름을 먹는다. 아무 안내방송도 없이 기사는 버스에서 내려 담배를 물고 히히덕거린다. 아무도 항의하지 않는 그 옛날의 모습. 맞아, 난 너무 내 것만 챙기고 살아온 게야. 차도 밥을 먹어야 가지?

이거 의정부역 가나요? 이거 의정부역 가는 거 맞쥬? 묻고 또 묻는 고구마 자루를 든 아줌마, 길 나서면 다 두려운 게지. 저 고구마 자실 때마다 그 두려움이 생각나 고구마 맛이 더 나실 테지. 의정부역 광장 비까번쩍한 불빛 시설물들 붉고 푸른 게 구겨진 휴지 같다는 생각. 그 바닥에 질펀한 쓰레기들. 마악 뜯어고친 작부의 흉부 같은…. 광장을 너무 꽉 채우셨구나. 하여 광장이 아닌 흔들거리며 젊은 경찰의 팔에 매달려 오면서도 집으로 가야 한다는 방향을 잃은 사내. 머잖아 흔들릴 내 영혼을 미리 보는 씁쓸함.

도봉산역에서 오르는 등산객, 성한 사람이 없구나. 하긴 하산 주를 위해 등산을 한다잖는가. 오늘 하루 흔들리시게. 나이 들었어도 애인 하나 맹글면 어때. 우린 등산만 가자 손만 잡고 자듯이 ㅎㅎ. 롯데 맥주 맛이 궁금하여 창동역 포장마차에 들르니 하필 꼬마 여배우가 눈물 나게 한다는 막장 드라마 시간이어서 주인아줌마 칼질이 서툴다. 선악의 구분이 쥔장의 입에서 나온다. 롯데 맥주도 그게 그거다.

거 봐라, 버스를 타고 전철을 타니 또 얼마나 시간이 넉넉해졌는가.

## 눈 나리신단다, 도토리묵 묵자

옛날 못 살 때는 눈이 오면 아무 일도 안 했다, 뭐. 새끼나 꼬든지 멍석이나 틀든지 가마니나 짰지 요새처럼 때도 모르고 철두 없이 하우스 짓고 겨울에도 신세 볶는 그런 농사 안 졌다, 뭐. 그러니까 배곯구 살았지 그러면 할 말은 없지만, 그래두 자꾸 그때가 그리워지는 거로 보아 사람은 꼭 배만 불러야 사는 게 아니라 생각한다, 뭐.

가으내 주워 모은 도토리 상수리는 할머니가 묵을 쑤시기 전까지는 아무짝에도 쓸모가 없어요. 고구마 말린 거나 밤 말린 것은 오며 가며 주전부리를 할 수 있지만, 도토리 말린 것은 떫디떫어 하다못해 강아지조차 돌아보지 않아요. 두부를 할 때는 불도 때고 눌지 말라고 주걱질도 하며 구수한 순두부 얻어먹는 맛에 잔심부름하여서 두부 만드는 과정이 지금도 눈에 선하지만, 겨우내 먹는 도토리묵 만드는 것은 기억이 아물거린다지요.

찬물에 네모지게 썰리어 들어앉은 묵을 볼라치면, 분명 불투명인데 왠지 투명하다고 느껴지는 건 칼칼한 겨울 날씨의 시린 기운 때문이려는가. 아무튼 살가운 도토리묵을 반절로 잘라 숭숭 썬 다음, 조선간장에 깨소금 듬뿍 넣고 파를 송송하게 썰고 향이 강한 산초 기름을 건 듯 둘러 이제 마악 맛이 들려는 동치미와 함께 웃풍 센 아랫목 이불 속에서 먹는 맛이란 참으로 고소한 맛이라지요.

서울내기들은 깨소금 통깨로 뿌려 먹지만 깨를 빻아야만 고소한 맛이 더하지요. 모양보다는 맛과 향을 우선하였지요.

그러니까 사람 사는 맛이라는 게 백 평쯤 되는 아파트에서 어험어험 사는 것도 사는 것이겠으나, 허구헌 날 기름지게 배때기를 두드리는 것도 한 재미 하겠으나, 한겨울에도 비닐하우스에서 농사를 진다구 땀을 달달 볶는 것이 잘사는 길 부자 되는 길이겠으나, 그저 눈 나리는 겨울에는 하늘이 그러하듯이 땅도 쉬고 사람도 쉬고 세월도 쉬고 그렇게 흐흐. 어따 어디 도토리묵 제대로 하는 막걸릿집 아는 이 없는지 몰라.

눈 나리신단다, 도토리묵 묵자

## 비만 오면 백남천이 취해 산다

비만 오면 술 처먹고 개지랄하는 백남천이. 실은 비가 오지 않아도 백남천이는 취해서 산다. 제 돈 내고 제 입으로 먹으니 처먹는다 말고 마신다 해라. 지랄도 편하지 않은데 개지랄한다면 사람이든 개든 격이 침해당하는 듯하니 그 말도 물려라.

사람이 살면서 언제가 가장 막막한 심사가 될까. 부모가 돌아가셨을 때? 아니다, 그건 누구나 당하는 일이다. 알거지가 됐을 때? 또한 아니다. 생로병사 인생행로 다 정한 이치 아닌가. 당신은 언제가 가장 막막한 삶이었는지 되돌아보라.

백남천이네 앞마당에는 종자가 확연히 다른 대접 감나무가 있었지. 가을만 되면 공부도 별반 못하는 게 감 하나 가지고 애들을 몰고 다녔지. 백남천이네 뒤란에는 탱자나무 울타리가 가을만 되면 열매를 꽃처럼 피우는데 장터 한약방에서는 그놈이라야 지전을 쥐여줬지. 백남천이네 샘물은 모래를 품어 올리며 솟구치는데 여름 내내 샘물에는 참외가 담가져 있었지. 토마토도 있었지. 그래, 아직 푸른 기가 덜 가신 채로…. 백남천이 아버지는 솜씨도 좋아 흙담장에 갯돌도 박고 기와도 박아 지나는 객지 사람 거 참 담장 하나 잘났네 하며 부러워했지.

그런 백남천이 마을에 댐이 생기면서 너나없이 수몰당하고 말았는데 수몰, 나는 세상에 기막힌 일 중에 이보다 더 사람 피 말리는 일은 없다고 봐요. 삼팔따라지 이북내기들이야 통일만 되면 갈 고향이라도 있는 것이고, 이를 갈고 고향을 등진 이도 자수성가하면 언제고 웃으며 돌아가는 게 고향일진대, 인생을 통털어 추억이란 추억을 켜켜이 쌓아가며 살아온 고향 초가삼간을, 대접 감나무를, 탱자나무 울타리를, 샘터를, 오늘같이 비 오는 날 술 처먹고 개지랄 안 하고 어떻게 성한 삶 살겠느냐, 무정한 사람들아.

## 모두 다 친절하다

늙은 사내가 중국집에서 이른 저녁을 혼자 먹고 계산을 하러 일어서다가 겨울 외투에 스쳐 냅킨 통이 바닥에 떨어졌어. 계산대에 있던 젊은이가 거의 동시에 제가 치우겠습니다 해. 늙은 사내는 냅킨 통을 주워 테이블에 놓고 계산대로 와선 미안해요 그래. 계산하던 젊은이는 별말씀을요 그래. 밥맛이 꿀맛 같은 밤이지.

방금 전에 나보다 늦게 온 공사복 차림의 사내 셋이 짜장 곱빼기를 시켜먹고 2조가 올 거라며 갔어. 좀 있다 오십 줄의 2조가 와선 곱빼기 셋을 시키고 배갈 세 병을 시켜 마시는 게야. 계산하는데 배갈 세 병은 더치페이야. 맑잖아.

봄이 어디쯤 오나 호들갑 떨 거 없어. 청량리 버스정류장 옆 채소 노점, 마석이나 진접 쯤에서 캐온 파란 냉이 한 줌에 숨어 있어. 한 단에 750원, 빌어먹게도 싼 대파의 노란 속살에 스며든 거야.

## 새싹 예찬

반도 땅 남녀노소. 그중에 특별히 어린 아이들에게 어학연수네 뭐네 하면서 영어를 가르치는 걸 보면 젊은 시절 왜 배워야 하는지 모르고 그저 입시공부 땜에 하던 인수분해 미분 적분이 생각나. 그 시간에 참나무 숲 속에서 하이든을 들으며 안톤 체홉이나 읽을 걸 말이야. 억울하기 짝이 없어. 이 모나고 조급하고 괴팍한 성질머리는 아마도 그때 생긴 게 분명해. 가끔은 멀리 바라보기도 해야지 원. 어이, 전 씨. 가감승제 더이상 써먹어 봤는가?

그 많은 돈을 들여 가르치는 덴 비정상적으로 번 돈이 많기 때문일 거야. 꼭 부정해서 벌은 걸 말하는 게 아니라 박통 시절 특혜로 성장한 대기업들이 자기 리그로 즐거워하는 것도 그게 그거 아니냐 이 말이지. 노래방 도우미를 하여 아이들 과외비를 벌어야 하는 눈물 나는 돈, 나이 헛먹은 자의 헛소리인가.

우리 교회 형제 아이 둘 아랫녘 강진 다산초당 옆 닉환이 형님 이름 딴 늠봄학교를 다녔는데 애들이 의젓해. 나는 아이들이 숲이 가까운 곳에서 스승을 만났기 때문이라 여겨. 애들아 아무쪼록 행복하여라

## 친절한 실상사

뭔 쪼깐으로 절집이 헌다 하는 지리산 심산유곡을 나 몰라라 하고 논두렁 지나 숨 고를 필요도 없이 대문을 활짝 열었느냐 말이지. 국보가 몇 점이요 보물이 몇 점이라지만 국보하고 보물하고 뭐가 달븐지도 모르는 형편에 그냥 그런가부다 하지만 나잇살 들어 관절깨나 부실해지니 개울 건너 논밭 지나 우로 접어 실상사, 참으로 친절한 절집이란 생각이 든다 이 말이지. 해인사 관광 가신 울 아버지, 노인네들을 해인사 주차장에 내려놓더니 쩌으기가 해인사입니다 잘 보셨쥬? 그러더랍니다. 그러니 꼬부랑 할머니도 제 발로 가는 절 실상사가 친절하달밖에요.

개울 건너기 전 눈깔이 쇠주먹만 한 돌장승은 시방 일주문 노릇을 하자는 겐지 당간 노릇을 하자는 겐지 아무튼 어이 거기 잠깐 서 있습니다그려. 요새도 계시는지 몰러. 다리 건너 느티나무 아래 산수유 파시던 할머니하고 조 수수와 말린 산채 팔던 수줍던 새댁쯤의 새악시 왜 있잖혀. 그런 소소한 물품들이 죄다 경동시장 도매상에서 떼다 파는 거와 별반 다르지 않은 느낌. 그런디 그 느티나무 아래는 안 그럴 것이다 하는 근거 없는 믿음이 있더란 말이지.

난 촌에서 십일 년을 살었어도 똥오줌이 섞이면 거름도 아니란 걸 실상사 똥투깐서 알았지 뭐야. 그러니께 실상사 똥투깐은 똥오줌 같이 싸도 오줌은 따로 관을 타고 쪼르르르 굴러가고 똥은 똥대로 가더라 이 말이지. 아따 똥 싸는 것도 무쟈 재밌더만 그랴. 절사람들 왁자지껄허면 팔 걷어붙이는 도법스님 이 냥반이 똥오줌으루 귀농자들 농삿법 갤친다나 어쩐다나.

재수가 좋아 점심때 다다라서 예수쟁이 형편에 줄 서서 공양을 하는데, 밥맛이야 그렇다손 치더라도 빈 그릇 쌀뜨물로 맹근 퐁퐁 비스무리한 거 그걸로 닦는 데도 잘만 닦이더만 그랴. 우리 교회도 그리하자니, 다 알어유 하면서 언제 그러구 있대유 하니 참으루 바쁘신 하느님이시로구나 하며 열심히 퐁퐁으루 조져댑니다

무엇보다도 나는 그 노파 계시던 자리에서 절집 앞에 이르는 한 오백여 미터 여느 논밭 길과 다름없는 그 길을 걸음걸음에 휘파람 불고 흥얼거려지더란 말이지. 지지난 가을에 가보니 꽃도 심었던 것 같은데, 그러고 보면 명승고찰도 다 내 맘 속에 있더라 하고 한 소식 했다 이 말이지.

공지영이 책에 본께 상가에 뭔 빙수 파는 집이 있다 하드만. 그냥 나는 이 동네를 어슬렁거리고 다니기만 해도 두고 봐라 나도 보란 듯 스며들고 말 것이야 하고 오래 된 헛맹세 하게 되더라 이 말이지. 뭔 글을 말끝마다 이 말이지 이 말이지 하는 것은 글재주 벼랑 없는 탓이지만, 사지육신 다 부려 먹히고 쪼그라진 할머니들도 단걸음에 가는 절 실상사는 참으로 친절한 절이다 이 말이지. 이 말이 이렇게 길어졌다 이 말이지.

## 작가소개 **전 재 현**

분단국 호서인(湖西人).
사람과 사람을 둘러싼 풍경에 늘 따뜻한 시선을 두고, 누군가의 외로운 마음을 헤아리고 다독이는 음유시인.